Traduit de l'anglais
par Vanessa Rubio

Maquette : Karine Benoit

ISBN : 978-2-07-062524-6
Titre original : *World's Oldest Living Dragon*
Édition originale publiée par Grosset & Dunlap,
un département de Penguin Young Readers Group, New York
© Kate McMullan, 2006, pour le texte
© Bill Basso, 2006, pour les illustrations
© Éditions Gallimard Jeunesse, 2010, pour la traduction
N° d'édition : 166715
Loi n° 49-956 du 16 juillet 1949 sur les publications destinées à la jeunesse
Dépôt légal : janvier 2010
Imprimé en Espagne par Novoprint (Barcelone)

07237 0395

Kate McMullan

L'ÉCOLE DES MASSACREURS DE DRAGONS 16

Le plus vieux dragon du monde

illustré par Bill Basso

GALLIMARD JEUNESSE

Plan de l'École des Massacreurs de Dragons

EMD

Chambre de Dame Lobelia

Laboratoire du Docteur Sloup

Issue du souterrain

Salle de cours de Mordred

Bureau du directeur

Poulailler (niche de Daisy)

Salle à manger

Accès au cachot

Cour du château

Cours de récurage

Réserve de costumes de Yorick, le messager

Tour Est

Ascenseur
de Messire
Mortimer

Village de Doidepied

Chemin du
Chasseur

Dortoir

Le Vieux Poiluche
(dragon d'entraînement)

Douves
(anguilles à volonté)

Dragonus orus est bonus

EMD

Beurk!

Pont-levis

Pour le seul et unique Donn Nelson.
K. McM.

Chapitre premier

Slurp ! Slurp ! Wiglaf était en train de manger la soupe d'anguilles bouillies que Potaufeu avait préparée pour le déjeuner. Ce n'était pas aussi mauvais que la soupe au chou de sa mère, mais pas loin.

Érica le rejoignit bientôt avec son plateau. Elle avait l'air abattue.

— Qu'est-ce qui t'arrive ? s'inquiéta son ami alors qu'elle s'asseyait à côté de lui.

— Mon nouveau catalogue de Messire Lancelot n'est pas encore arrivé. J'aurais dû le recevoir il y a des semaines.

Elle soupira.

— J'ai économisé pour m'acheter un nouvel exemplaire du *Petit Guide de Messire Lancelot*, reprit-elle. Le mien est trop abîmé.

Juste à ce moment-là, à la table des professeurs, Dame Lobelia, vêtue d'une robe couleur gorge de pigeon, fit tinter sa cuillère contre son gobelet et se leva.

— J'ai une grande nouvelle à vous annoncer !

Les élèves cessèrent un instant de se plaindre du menu pour tendre l'oreille.

— Il n'y a pas que les dragons et les épées dans la vie, jeunes damoiseaux et damoiselles, leur rappela-t-elle. Rendre service à son prochain, c'est important aussi.

— Oh, oh ! fit Angus qui venait de vider son bol de soupe et fixait avec envie celui de Wiglaf. Une corvée de plus en perspective.

— Oui, mais on va pouvoir se rendre utiles, répliqua Érica. En tant que futurs massacreurs de dragons, nous devons protéger la veuve et l'orphelin.

Wiglaf donna sa soupe à l'insatiable Angus, puis il dévisagea Érica. C'était grâce à ce genre de bla-bla qu'elle raflait systématiquement la médaille de l'apprentie-massacreuse de dragons du mois.

— Dans mon ancienne école, intervint Jeannette, on tricotait des chaussettes pour les bourreaux à la retraite.

— Une fois par semaine, reprit Dame Lobelia, un groupe d'élèves se rendra à l'hospice des Papys Chevaliers. Et ce dès aujourd'hui.

— C'est juste à la sortie de Doidepied ! s'exclama Torblad, qui était originaire de ce petit village.

— Vous pourrez demander aux chevaliers de vous raconter leurs exploits du temps jadis, suggéra Dame Lobelia. Qui sait ? Ils pourraient vous donner de bons conseils pour massacrer les dragons.

— Et leur voler leur or, compléta Mordred, le directeur de l'EMD, qui était assis à côté d'elle. N'oublie pas l'or, sœurette.

— Mon papy vivait à l'hospice, confia Jeannette aux autres élèves de sa table. Mais quand mon père a fait fortune, il l'a envoyé à la maison de retraite de l'Âge d'Or. C'est génial. Il a de jeunes damoiselles pour pousser son fauteuil roulant dans le parc. Et un bouffon personnel qui jongle rien que pour lui et lui raconte des blagues.

Baldrick essuya son nez sur sa manche avant de lever la main.

— On est obligés d'aller à l'hospice ?

— Non, bien entendu. Vous pouvez rester ici pour une double corvée de récurage à la place.

— Moi, je veux y aller ! annonça Jeannette. Ça va être génial. On va bien s'amuser, je le sens !

Lobelia désigna Jeannette, Érica, Angus et Wiglaf pour le premier groupe. Elle tendit un plan à ce dernier et, juste après le déjeuner, les quatre apprentis-massacreurs se mirent en route.

— Je sais que ce n'est pas très gentil,

fit Angus alors qu'ils s'engageaient sur le chemin du Chasseur, mais j'ai peur des vieux.

— Pourquoi ? demanda Wiglaf. Les vieux ont un jour été jeunes, comme nous.

— Justement, c'est bien ça qui m'angoisse ! Je n'ai aucune envie de devenir un vieux croûton tremblant, édenté, qui bave sur sa tunique !

— Mon papy ne bave jamais sur sa tunique, affirma Jeannette en fourrant un chewing-gum dans sa bouche.

— C'est vrai ? s'étonna Angus.

— Ouais, il met un bavoir.

— Ah, tu vois ! gémit-il. C'est affreux de vieillir.

— Voilà pourquoi on leur rend visite, dit Érica. Nous allons apporter un peu de fraîcheur dans la vie terne de ces vieux chevaliers. Et ils seront sûrement ravis de m'entendre réciter le poème que j'ai composé en l'honneur de Messire Lancelot. Il est long, mais je le connais par cœur.

En arrivant à Doidepied, Wiglaf consulta le plan de Dame Lobelia.

— C'est par là, dit-il en tendant le doigt vers l'est.

Alors qu'ils se dirigeaient vers la rivière Boueuse, Wiglaf aperçut un château en pierre grise au sommet d'une colline. Il était entouré d'une belle pelouse, jonchée de nombreux fauteuils roulants.

Au-dessus de la porte était gravé :

HOSPICE DES PAPYS CHEVALIERS

Érica passa la première sur le pont-levis et sonna la cloche.

Une minute plus tard, la grande porte en bois s'ouvrit sur un homme de haute taille, large d'épaules, aux cheveux châtains ondulés et aux yeux bleu vif. Il portait une tunique rouge et des bottes en cuir assorties. Un écusson cousu sur sa poitrine indiquait son nom : Donn.

— *Buenos días !* Bonjour ! Que puis-je pour vous ? fit-il en s'inclinant.

— Nous venons de l'École des Massacreurs de Dragons, expliqua Érica. C'est Dame Lobelia qui nous envoie.

— Ah, la *Señorita* Lobelia !

Donn joignit les mains.

— Jamais plus gente dame n'a foulé cette terre !

— Beurk ! marmonna Angus. J'espère que ce n'est pas son nouveau petit ami.

— Bienvenue à l'hospice des Papys Chevaliers ! reprit Donn. Entrez !

Ils le suivirent dans une grande salle, chauffée par une énorme cheminée de pierre. Les murs étaient ornés d'armoiries aux couleurs fanées.

Certains résidants étaient vêtus normalement, avec une tunique par-dessus leurs chausses, d'autres avaient conservé quelques pièces de leur ancienne armure, mais la plupart traînaient en pyjama.

— Allez donc discuter avec nos papys, les encouragea Donn. Ça leur fera plai… *Ay, caramba !* s'exclama-t-il soudain.

Messire Dubaveux a encore perdu son dentier.

Il se précipita à son secours.

Les élèves de l'EMD s'approchèrent de deux vieux chevaliers qui faisaient une partie de cartes.

— T'as un valet ? demanda l'un des deux.

— Ha-ha, non ! gloussa l'autre. Pioche !

— Ouais, un valet. Je rejoue !

— Mais non, c'est pas un valet, c'est un joker.

— C'est pareil.

— Pas du tout.

— Je te dis que si !

Les deux chevaliers continuaient à se disputer sans paraître remarquer la présence de Wiglaf et de ses amis.

— Regardez, chuchota Jeannette en montrant un petit groupe assis à une grande table ronde. Ils jouent au dragon-loto.

Les apprentis-massacreurs allèrent voir de quoi il s'agissait. Chaque chevalier avait devant lui une grille parsemée de petits cailloux plats. En haut s'étalaient les lettres : D-R-A-G-O-N.

Wiglaf remarqua alors un chevalier moins âgé que les autres. Il avait les joues rebondies, des cheveux bruns mi-longs et une petite bedaine pointait sous son pyjama bleu délavé. Il prit un rond de serviette en argent sur la table pour se mirer dedans, s'arracha un cheveu blanc puis sourit à son reflet.

Wiglaf avait l'impression de l'avoir déjà vu quelque part, mais où ?

— *Bueno !* fit Donn en les rejoignant. Où en étions-nous ?

Il piocha un jeton dans une boîte et annonça :

— Numéro G-32.

Tous les vieux chevaliers qui avaient une case G-32 sur leur grille posèrent un petit caillou dessus.

Wiglaf donna un coup de coude à Érica.

— Regarde le gros pépère avec son pyjama bleu, il ne te rappelle pas quelqu'un ?

— Où ça ? demanda Érica en parcourant la pièce des yeux.

Donn tira un nouveau jeton de la boîte.

— Numéro N-5 ! N-5 !

Un petit chevalier chauve leva alors sa canne en criant :

— Dragon !

Un vieillard maigrichon et bossu avec, de chaque côté du crâne, deux touffes de cheveux blancs frisés commenta :

— C'est bien le seul genre de dragon que tu peux espérer approcher, maintenant, Roger !

Tous les autres éclatèrent de rire.

— Ferme ta boîte à camembert, Canichon ! répliqua l'intéressé en brandissant sa canne. J'ai un dragon complet, je te dis !

— Arrête, Roger. T'as triché ! affirma Messire Canichon.

— C'est pas vrai. Je ne triche jamais, se défendit l'autre. Sauf en cas d'urgence.

— *Por favor !* Je vous en prie ! Pas de disputes ! supplia Donn.

Messire Roger lut à haute voix les lettres et les chiffres de sa grille.

— *Bueno !* Vous avez remporté la partie, Messire Roger.

— Ah ! Et qu'est-ce que j'ai gagné ?

— Un portrait dédicacé de Messire Lancelot, annonça Donn en le lui tendant.

— Nom d'un dragon ! siffla Érica. La chance…

Mais le vieux chevalier fit la moue en examinant son prix.

— Tu parles d'un cadeau ! marmonna-t-il. Un portrait de ce vieil incapable.

Érica se figea.

— Messire Lancelot ? Un vieil incapable ? Elle se tourna vers Wiglaf.

— Mais qu'est-ce qu'il raconte ?

Son ami se contenta de hausser les épaules.

— En plus, il n'est même pas dédicacé de sa main, regardez ! s'écria Messire Roger. C'est un tampon, ça se voit tout de suite. Pouah !

Il le jeta à Messire Canichon.

— Tiens, je te le donne.

— J'en veux pas !

— *Por favor !* gémit Donn. Arrêtez de vous disputer !

— Oui, arrêtez ! supplia Érica. Messire Lancelot est le modèle du parfait chevalier. C'est mon idole, mon héros !

— Ouais, en son temps, c'était un héros, admit Messire Roger.

— Maintenant, c'est un zéro, affirma Messire Canichon.

— N'importe quoi ! s'emporta Érica. Sortez vos cornets, vieux chevaliers. Voici le poème que j'ai composé en l'honneur de Messire Lancelot :

Il est de bons chevaliers comme de mauvais,
Mais il en est un qui sort du lot,
Un chevalier en tout point parfait,
J'ai nommé Messire Lancelot.

Tandis qu'Érica déclamait son poème, Wiglaf remarqua que le chevalier bedonnant rougissait.

Car nul n'est plus brave dans tout Camelot,
Le seul, l'unique, le plus grand,
Le plus beau et le plus vaillant,
L'irremplaçable Messire Lancelot !

— Pfff ! soupira Messire Canichon.

— Je connais un autre poème, moi ! affirma Messire Roger. Écoutez :

Il voit plus ses chausses tellement il est gros
C'est ce grassouillet de Lancelot !

Tous les vieux chevaliers se tordirent de rire.

Celui qui portait un pyjama bleu se tassa sur sa chaise, comme s'il voulait disparaître. Wiglaf était vraiment sûr de l'avoir déjà vu quelque part.

Érica, rouge de fureur, haussa le ton pour couvrir les moqueries :

— Très bien ! Je me tais. Il n'empêche que c'est vrai. Lancelot est le chevalier parfait !

Un sourire se dessina sur les lèvres du chevalier un peu enrobé.

Wiglaf sursauta brusquement et prit le bras d'Érica.

— Celui qui a quelques kilos en trop, il ressemble à Messire Lancelot !

Chapitre deux

Érica fixa le chevalier enrobé.

— Tu as raison, Wigounet, déclara-t-elle enfin. Pourtant, dans son autobiographie, *Moi, le parfait chevalier*, Messire Lancelot n'a jamais mentionné qu'il avait un parent obèse dans sa famille.

Donn donna un petit coup de sifflet.

— *Bueno, señores !* C'est l'heure de l'apéro !

Angus se redressa, le sourire aux lèvres.

— On y a droit aussi ?

Des serviteurs apportèrent des bols de cacahuètes et des gobelets de jus de fruits.

Le chevalier grassouillet leur fit signe.

— Des cacahuètes, par ici !

Érica s'approcha de lui, suivie de près par ses amis.

— Messire, commença-t-elle, j'ai eu l'honneur de rencontrer Messire Lancelot en personne. Et, mis à part quelques kilos de trop, vous lui ressemblez comme deux gouttes d'eau. Seriez-vous cousins ?

— Non, c'est moi, répondit-il en rougissant. Je suis Lancelot.

La mâchoire d'Érica faillit se décrocher.

— Vous êtes mon héros, Messire Lancelot du Lac ?

Le chevalier leva son gobelet en argent pour se regarder dedans.

— Oui, lui-même. Mais je ne suis plus un héros depuis longtemps !

— Oh, messire, que vous est-il arrivé ? Je vous en prie, racontez-nous !

Érica s'assit en tailleur à ses pieds. Ses amis l'imitèrent.

— Bien, je vais vous conter mon histoire, dit-il en se passant la main dans les cheveux. Pendant de nombreuses années, j'ai massacré plus de dragons que tous les autres chevaliers réunis, j'ai sauvé maintes damoiselles, j'ai combattu les plus affreux gredins. J'étais le meilleur.

— Le parfait chevalier, soupira Érica.

— Oui, acquiesça Messire Lancelot, mais au bout d'un certain temps, de petits freluquets débutant dans le métier ont commencé à marcher sur mes plates-bandes. Un jour, j'allais massacrer un monstrueux dragon quand le jeune Messire Follelame m'a bousculé pour l'embrocher le premier.

— Non ! s'indigna Érica.

— Si ! confirma son idole. Et ce n'était que le début. La semaine suivante, je m'apprêtais à tirer Dame Rosedinde des griffes d'un troll lorsque le jeune Messire Léperon-Dacier s'est interposé et l'a sauvée.

— Je parie qu'elle aurait pu se débarrasser de ce vilain troll toute seule, murmura Jeannette.

— Peu de temps après j'ai jeté un vaurien au cachot. Et pas plus tard que le lendemain, le jeune Messire Bottedargent a attrapé deux vauriens d'un coup et les a jetés au cachot.

— Nom d'un dragon ! s'exclama Angus. J'aurais aimé voir ça.

Érica lui donna un coup de coude dans les côtes.

— Alors qu'est-ce que vous avez fait, messire ? voulut savoir Wiglaf.

— Eh bien ! J'ai rendu mon épée, avoua Messire Lancelot.

— Vous voulez dire que vous avez tout laissé tomber ? s'affola Érica. Oh non ! ce n'est pas possible.

— Eh, si !

Le chevalier secoua tristement la tête.

— Après avoir été pendant des années le parfait chevalier, je ne pouvais pas supporter de ne plus être le meilleur.

Il prit une poignée de cacahuètes qu'il fourra dans sa bouche.

— Alors au lieu de me lever dès l'aube, poursuivit-il en mâchouillant, j'ai commencé à faire la grasse matinée. Puis j'allais pêcher au bord du lac. Je me suis mis à la broderie. Vous seriez étonnés de voir les belles tapisseries florales que j'ai réalisées.

— Des tapisseries ? répéta Érica, abasourdie.

— Oui, confirma Messire Lancelot. Je passais mes après-midi dans mon hamac à lire des polars. Et le soir, je faisais un vrai festin. Tout allait pour le mieux jusqu'à ce que mon entreprise de vente par correspondance fasse faillite.

— Alors c'est pour ça que je n'ai jamais reçu mon catalogue ! s'exclama-t-elle.

— Désolée, jeune damoiselle. Il se trouve que mon diabolique frère jumeau, Léon Dulac, s'est lancé dans la contrefaçon.

— Vous voulez dire qu'il vend des imitations ? s'étonna Wiglaf.

— Tout à fait. « Le catalogue de Messire Lance-eau ». Il a fait faire des ceintures de Messire Lance-eau. Des armures de Messire Lance-eau. Une vraie camelote, mais les paysans n'y voient que du feu.

Il engloutit une nouvelle poignée de cacahuètes.

– Ses prix sont beaucoup plus bas que les miens, alors ça se vend mieux. Mon entreprise a coulé. Bientôt, j'ai été incapable de payer mes domestiques. J'ai dû quitter mon palais. Et j'avais pris tellement de poids que je ne pouvais même plus monter mon fidèle destrier. Alors je suis venu à l'hospice à pied et je les ai suppliés de bien vouloir m'accueillir.

– C'est affreux ! s'écria Érica.

– Trop affreux ! renchérit Jeannette en faisant éclater bruyamment sa bulle de chewing-gum.

– Horrible ! s'exclama Angus.

Wiglaf secoua la tête. Messire Lancelot n'était pas vieux. Il n'était pas à sa place à l'hospice, à traîner en pyjama comme un papy chevalier.

– Mais vous êtes une légende vivante, messire ! protesta Érica. Quand ça ne va pas, je me demande souvent : « Que ferait Messire Lancelot dans un cas pareil ? »

— Une bonne sieste, répliqua celui-ci. Comme toujours après le déjeuner.

— Écoutez, messire. Voici le portrait de mon héros, le vrai Lancelot :

Quand il y a un dragon à massacrer,
Il est toujours le premier.
De tous les preux chevaliers,
Lancelot est le plus parfait !

— Ouais, ben, ça, c'était avant !

Il haussa les épaules.

— Ne t'en fais pas, jeune damoiselle. Je suis très heureux comme ça.

— Mais… vous ne voulez plus être le meilleur ?

— Ici, je suis le meilleur sans fournir le moindre effort. Je suis le seul à pouvoir faire dix pompes d'affilée. Et j'ai encore toutes mes dents !

— Mon idole donnait toujours le meilleur de lui-même, murmura Érica.

Lancelot fit mine de ne pas l'avoir entendue.

Sur le chemin du retour, Érica marchait tête baissée sans cesser de marmonner :

– C'est pas croyable, c'est pas croyable !

Jeannette trouva un morceau de parchemin sur le sentier. Elle le ramassa et, en le lisant, s'arrêta net.

– Eh ben, ça non plus, c'est pas croyable ! Il y a un dragon dans les parages.

Wiglaf et les autres se dressèrent sur la pointe des pieds pour lire par-dessus son épaule :

Je me présente, Grinchetrogne, le plus vieux dragon du monde. J'ai l'honneur de vous annoncer que je viens d'emménager dans une grotte non loin de votre école. En bon voisin, je passerai vous rendre une petite visite prochainement.

Voici mon planning :

École des Exterminateurs de Dragons – réveillon de la Saint-Glinglin

Collège des Chevaliers Sans Peur – jour de la fête des Bourreaux

Pensionnat des Petites Princesses — jour de la Sainte-Cunégonde

Lycée des Parfaits Chevaliers — 21 mars, jour du printemps

École des Massacreurs de Dragons — 1ᵉʳ avril

Tenez-vous prêts à me donner tout votre or ou je réduirai votre école en cendres.

Votre aimable cracheur de feu,
Grinchetrogne, PVDDM

— Il veut incendier l'EMD ! s'exclama Wiglaf. Il faut prévenir Mordred.

Ils se mirent à courir. En chemin, ils trouvèrent un autre prospectus de Grinchetrogne et un autre et encore un autre. Le sentier en était couvert.

— Il a dû en distribuer partout dans les environs, haleta Angus.

À peine arrivés à l'EMD, ils allèrent trouver le directeur dans son bureau. Jeannette lui tendit le parchemin.

En le déchiffrant, Mordred devint violet de rage.

— On dirait qu'il va exploser, chuchota-t-elle. C'est ce qui est arrivé à mon oncle Gilles. Je vous dis pas le carnage !

Wiglaf se mordit les lèvres en s'efforçant de chasser cette image de son esprit.

Mordred roula le prospectus en boule et le jeta par terre.

— Ah, tu menaces de brûler mon école, hein ? s'écria-t-il. Eh bien, vas-y. Mais tu ne mettras pas tes sales pattes griffues sur mon précieux trésor.

— Enfin, messire, qu'est-ce que vous racontez ? s'inquiéta Wiglaf.

— Je protège mon or, tiens ! hurla le directeur, violet comme une prune mûre. Il n'aura pas la moindre petite pièce. Il veut réduire l'EMD en cendres ? Dommage. Toutes les bonnes choses ont une fin. Bref, moi, je fais mes bagages et je file !

Il entreprit aussitôt d'entasser ses affaires dans un grand sac.

— Tu ne vas pas le laisser incendier notre école, quand même ! protesta Angus. Enfin, tonton, donne-lui un peu d'or.

— Boucle-la, Angus ! répliqua-t-il.

Les quatre apprentis-massacreurs laissèrent le directeur à ses préparatifs pour courir dans la salle à manger.

Angus secoua la tête.

— Je savais qu'oncle Mordred était radin, mais pas à ce point-là !

— On ne peut pas laisser ce dragon incendier notre école, décréta Jeannette.

— Tu as raison, Jeannette. On va sauver l'EMD, décida Érica.

— Peut-être qu'il bluffe, ce Grinchetruc, suggéra Angus. Si c'est un vieillard, il doit être inoffensif.

— On pourrait faire quelques recherches dans les bouquins de frère Dave, proposa Wiglaf.

Et c'est ce qu'ils firent après le dîner.

— Frère Dave ? haleta Wiglaf alors qu'il venait de grimper les quatre cent vingt-sept marches menant à la bibliothèque. Vous êtes là ?

— Entrez, entrez, jeunes gens !

Le petit moine était assis derrière le bureau d'accueil, en train de tricoter une longue écharpe rouge à la lueur d'une chandelle. Lorsqu'il vit arriver les élèves, ses yeux étincelèrent de joie.

Angus fut le dernier à pousser la porte. À bout de souffle, il s'écroula sur un gros coussin en forme de dragon installé sous la fenêtre.

— Que puis-je pour vous, jeunes gens ? demanda frère Dave. J'ai acquis récemment de tout nouveaux ouvrages : *Les Secrets les plus secrets des plus grands champions*, de Mila Gagné. *Extraits choisis des meilleurs manuscrits médiévaux*, de Roger Toulu. *Cent recettes de cocktail à base d'hydromel*, de Jay-Léo Quai.

— On vient voir ce qu'on peut trouver sur Grinchegrogne, frérot, annonça Jeannette.

— Ah ! je vais vous sortir l'*Encyclopédie des dragons*.

Il boitilla jusqu'à une étagère et revint chargé d'un énorme volume relié de cuir. Il le posa sur une table tandis que les quatre apprentis-massacreurs se pressaient autour.

Wiglaf feuilleta rapidement l'encyclopédie. Il passa le portrait d'Édith, la dragonne bavarde qui avait fait peur à Zack, le garçon venu du futur, celui de Fiffner, l'un des dragons qui avaient blessé Messire Mortimer, et enfin celui de Gorzil, le premier dragon qu'il avait massacré sans le faire exprès.

Enfin, il arriva à la page de Grinchetrogne.

Chapitre trois

— Qu'est-ce qu'il a l'air vieux ! s'exclama Érica en voyant le portrait de Grinchetrogne dans le livre. Carrément préhistorique !

— Et encore, cet ouvrage est paru il y a maintes années, précisa frère Dave. Ce dragon doit estre encore plus âgé aujourd'hui.

Wiglaf était un peu rassuré : Grinchetrogne n'était qu'une vieille bête toute racornie. Il avait des poches sous les yeux, sa langue fourchue pendait d'un coin de sa bouche et un filet de bave coulait sur son menton plein de verrues.

— Je l'imagine mal mettre le feu à l'EMD, affirma-t-il.

Il tourna la page pour lire la fiche du plus vieux dragon du monde.

Nom complet : Grégory Grinchetrogne

Surnom : Vieux Grincheux, le Grinch, Fossile, Dragosaurus

Nombre d'enfants : tellement qu'il a oublié combien

Écailles : vertes

Corne : petite et verte

Yeux : deux, mais qui voient aussi mal l'un que l'autre

Dents : tombées il y a des siècles

Âge : plus vieux dragon du monde

Phrase fétiche : « C'est encore mon anniversaire ? »

Le plus étonnant : plus il vieillit, plus il crache de flammes

Hobby : classer les chevaliers qu'il a estourbis par ordre alphabétique

Ce qu'il préfère au monde : incendier les écoles de Massacreurs de Dragons

Érica fronça les sourcils.

— Il a l'air parfaitement capable de mettre le feu à l'EMD, tout compte fait.

Angus avala sa salive.

— On ferait peut-être mieux de préparer notre paquetage et de filer, oncle Mordred a raison.

— Attendez, comme tous les dragons, Grinchetrogne doit avoir une faiblesse secrète ! affirma Wiglaf.

Ils lurent la dernière ligne de la page.

Faiblesse secrète : n'ayez point la flemme d'apprendre le poème

— Un poème ? s'étonna Wiglaf. Qu'est-ce que ça veut dire ?

Jeannette se tourna vers frère Dave.

— Kézako, frérot ?

Le petit moine gratta son crâne chauve.

— Je l'ignore, hélas !

— Sa faiblesse secrète est écrite en vers, peut-être qu'il est allergique à la poésie, suggéra Angus.

— Il faut qu'on éclaircisse la question, décréta Érica. Ainsi on pourra se défendre contre lui et sauver l'EMD.

Se battre ? Wiglaf frissonna. Une petite phrase résonnait dans sa tête : « Plus il vieillit, plus il crache de flammes. » Mais soudain, il eut une idée.

— Et si on demandait à Messire Mortimer ? proposa-t-il. Il est vieux. Si ça se trouve, il a déjà croisé Grinchetrogne. Il pourra peut-être nous aider.

Les quatre apprentis-massacreurs dévalèrent l'escalier pour se rendre dans la salle où le professeur donnait son cours de Traque des cracheurs de feu. Les rires et les cris des élèves résonnaient jusque dans le couloir.

Lorsque Angus ouvrit brusquement la porte, ils se ruèrent à leurs places et prirent l'air captivé.

Messire Mortimer se redressa, tiré en sursaut de sa sieste. La visière de son casque se rabattit avec fracas sur ses yeux.

— N'ayez crainte, Messire Mortimer est là ! hurla-t-il en tentant de dégainer son épée. Arrière, dragon !

— Il n'y a pas de dragon, messire, le rassura Érica. Tout du moins, pas encore.

— Nous sommes venus vous poser une question, messire, enchaîna Wiglaf.

Le professeur lâcha son épée et remonta sa visière.

— J'aime beaucoup les questions, affirmat-il. Malheureusement, je ne suis pas très doué pour y répondre. Pas depuis que Bouffépée m'a donné ce coup sur la caboche. Ça, c'était un dragon, ça oui ! Plein de…

Jeannette fit claquer son chewing-gum.

— On a un truc à vous demander, messire : le dragon Grinchetrogne a une faiblesse secrète, une histoire de poème… Vous avez une idée de ce que ça peut être ?

— Ah oui ! le poème de Grinchetrogne, fit-il d'un ton rêveur. Dans mon jeune temps, je le connaissais du début à la fin.

— Pourriez-vous nous le réciter maintenant, messire ? supplia Érica.

— Le poème, le poème ! scanda toute la classe, ravie d'échapper au cours.

Messire Mortimer fronça les sourcils.

— Voyons… que je me rappelle comment ça commence. Il y a un premier vers, ça, je m'en souviens. Puis un deuxième. Et ça continue comme ça, vers après vers.

Il réfléchit longuement.

Au bout d'un moment, Wiglaf intervint :

— Messire ? Est-ce que vous sauriez pourquoi ce poème est la faiblesse secrète de Grinchetrogne ?

— Pourquoi ? répéta le professeur. Excellente question.

— Et quelle est la réponse, messire ?

Il haussa les épaules.

— Aucune idée.

Le lendemain matin, Wiglaf et ses amis retournèrent à l'hospice.

— Peut-être que l'un des papys chevaliers

connaît le poème, suggéra Wiglaf en chemin.

— Tu rêves ! répliqua Angus. Ces vieux
croûtons sont encore plus gâteux que Messire Mortimer.

— On ne sait jamais, affirma Jeannette.
Mon grand-père ne se rappelle pas ce qui
s'est passé la veille, mais si on le questionne
sur sa jeunesse, il se souvient de la couleur
de ses premières chausses !

— Messire Lancelot connaît sûrement le
poème, affirma Érica, toujours fidèle à son
héros.

— *Hola !* Hello ! s'exclama Donn en
ouvrant la porte de l'hospice. Entrez, entrez !
Nos résidants seront ravis de vous revoir.

Cette fois, Donn les conduisit au salon.
Aujourd'hui, les papys chevaliers faisaient
des travaux manuels. Certains s'essayaient
à la tapisserie, d'autres brodaient des
écussons. Il y en avait même qui, pinceau
en main, coloriaient des reproductions de
vitraux.

— *Señores* chevaliers ! lança l'animateur. Nos jeunes amis sont revenus vous rendre visite !

Quelques papys chevaliers leur firent signe mais la plupart étaient concentrés sur leur chef-d'œuvre.

Les quatre apprentis-massacreurs s'approchèrent de la table de Messire Lancelot, Roger et Canichon.

Ils étaient en train de modeler de petits dragons en argile.

— Une fois, j'ai massacré un dragon avec mon poignard pour seule arme, se vantait Messire Canichon.

— Et après ? répliqua Messire Roger. Moi, j'ai tué un dragon avec mon lance-pierre.

— Et moi, renchérit Messire Lancelot, il m'a suffi d'un seul regard pour que le dragon Gradubidon tombe raide mort.

— Vantard ! siffla Messire Canichon.

— Menteur ! grogna Messire Roger.

— Non, c'est vrai, affirma Érica. Il raconte comment il a tué Gradubidon en le regardant dans les yeux à la page 358 de *Moi, le parfait chevalier*.

Messire Lancelot sourit.

— Effectivement.

Il tapota la tête de son admiratrice.

— Quelle brave damoiselle !

Érica était aux anges.

— Scusez-nous, messires, mais on a une question à vous poser, intervint Jeannette.

— Oui, poursuivit Wiglaf. Nous sommes allés à la bibliothèque pour faire des recherches sur la faiblesse secrète du dragon Grinchetrogne.

— L'encyclopédie indique « N'ayez point la flemme d'apprendre le poème », compléta Angus.

— Savez-vous ce que ça signifie ? enchaîna Érica.

Messire Roger secoua la tête.

— Grinchetrogne ? Ça te dit quelque chose, Canichon ?

— Nan, répondit le vieux chevalier. Vous confondez peut-être avec Grisemiche. Ça, c'était un terrible dragon, avec des griffes tranchantes comme des faucilles.

— Qu'est-ce que je vous avais dit ! soupira Angus. Ils sont comme Messire Mortimer.

— Non, non, on cherche des renseignements sur Grinchetrogne, insista Wiglaf.

— Moi, j'en ai entendu parler, affirma Messire Lancelot. J'ai un demi-frère qui est beaucoup plus âgé que moi, Foideveau. Et quand il était à l'école, je me souviens qu'il a dû apprendre par cœur un poème qui parlait de Grinchetrogne.

— Ah oui…, murmura Messire Roger, ça me revient maintenant.

— Lorsque j'ai eu l'âge d'entrer à l'école, Grinchetrogne avait pris sa retraite et les professeurs ne faisaient plus apprendre son poème.

— Mais bien sûr qu'on le connaît ! s'exclama Messire Roger. Du premier vers au dernier.

— Et vous savez pourquoi c'est sa faiblesse secrète ? demanda Jeannette.

— Quand on était petits, commença Messire Canichon, Grinchetrogne était le plus célèbre dérobeur de trésors, détrousseur de damoiselles, dévoreur de paysans, massacreur de chevaliers et brûleur d'écoles de toute la région. Grâce à son flair, il détectait une pièce d'or à une lieue à la ronde.

Messire Lancelot se tourna vers Érica.

— Viens, petite damoiselle, je vais te raconter comment j'ai tué le sanglier géant qui terrorisait Camelot.

— Messire, je vous en prie, il faut qu'on en sache plus sur Grinchetrogne.

Le chevalier se tut, vexé.

Messire Roger poursuivit :

— On racontait que lorsque ce monstrueux dragon se présentait dans une école, le directeur devait lui remettre tout son or ou il incendiait le bâtiment. À moins que…

— À moins que quoi ? le pressa Érica.

— À moins que les élèves de l'école ne lui récitent son poème, compléta Messire Canichon. En entier.

— Avec les pas de danse, ajouta Messire Roger en gloussant.

— Il a prévu de passer dans notre école le 1ᵉʳ avril, leur confia Wiglaf.

— Et notre directeur est trop radin pour lui donner la moindre pièce d'or, précisa Érica.

— Si on ne fait rien, Grinchetrogne va mettre le feu à l'EMD, conclut Angus.

— Il suffit qu'on lui récite le poème, affirma Érica. Vous pouvez nous l'apprendre ? Je vous en prie, messires !

— Les dragons ont-ils des ailes ? demanda Messire Roger.

— Les chevaliers ont-ils des armures ? renchérit Messire Canichon.

— Bien sûr que oui ! s'écrièrent les papys chevaliers en chœur.

Chapitre quatre

— C'est moi qui commence, décida Messire Canichon.

— Je vais l'apprendre en vous écoutant, affirma Érica. J'ai une très bonne mémoire.

Wiglaf croisa les doigts. Restait à espérer que les papys chevaliers connaissaient mieux le poème que Messire Mortimer.

Messire Canichon déclama :

Jadis, quand les chevaliers étaient preux
Et les damoiselles si belleuh,
Un dragon terrorisait la région,
Grinchetrogne était son nom.

Grinchetrogne vivait au fond d'une grotte,
Non loin du village d'Escabotte.
Il volait, grondait, crachait du feu
Et détruisait tout à coups de…

Messire Canichon fronça les sourcils.

— À coups de quoi, déjà, Roger ?

— *Et détruisait tout à coups de queue !* compléta ce dernier, en frappant le sol dallé de sa canne. Je vais poursuivre…

Grinchetrogne avait de petits yeux méchants,
Un cœur froid, dur et sans pitié,
Des dents comme des poignards tran- chants,
Il ne vivait que pour tuer, massacrer et piller.

Messire Lancelot bâilla. Puis il se leva pour rejoindre le groupe qui faisait de la tapisserie.

Imperturbable, Messire Roger continua :

Combien de chevaliers sentirent la chaleur
Des flammes de Grinchetrogne ?
Combien de chevaliers sans peur
Furent tués par ce monstre sans ver-
gogne ?

Les autres résidants de l'hospice se regroupèrent autour de Messires Roger et Canichon. Ils remuaient leurs vieilles lèvres ridées, récitant eux aussi les vers qu'ils avaient appris dans leur enfance.

Messire Perceval décida d'agir :
« Ce dragon, il nous faut arrêter !
Massacrer, embrocher et faire rôtir,
Puis réduire en chair à pâté. »

Wiglaf eut un haut-le-cœur. Il ne supportait ni la violence ni le sang.
Messire Canichon prit la relève :

Sur ces mots, Messire Gauvain leva sa
lance :

« *Pour tuer Grinchetrogne, partons en quête !*

De sa grotte, faisons sortir la bête

Et enfonçons-lui nos lames dans la panse ! »

Messires Caradoc et Galaad-euh,
Messire Tristan et Messire Keu,
Messires Dinadan et Gareth,
Tous partirent en quête.

Messire Galaad venait en tête :
« *Allons trouver ce dragon,*
Nous le tuerons pour de bon.
Nul ne craindra plus l'affreuse bête. »

Messire Canichon s'interrompit et sourit.

— Alors, vous aimez ?

— C'est un très beau poème, commenta Wiglaf, ravi que cette histoire ne se soit pas transformée en bain de sang, finalement.

— Il est long, constata Angus, découragé.

Tous les papys chevaliers hochèrent la tête.

— Oh oui, très très long !

— Vous pouvez recommencer du début, messires ? demanda Érica. Nous répéterons après vous.

Messire Roger reprit :

Jadis, quand les chevaliers étaient preux
Et les damoiselles si belleuh...

Deux heures plus tard, Wiglaf avait la tête si pleine qu'il en avait la migraine. Mais les quatre apprentis-massacreurs avaient mémorisé les huit strophes. Ils les récitèrent en chœur.

— On a réussi ! s'écria Érica.

— On va sauver l'EMD.

— Maintenant montrez-nous les pas de danse, décida Jeannette en mâchouillant son chewing-gum avec énergie.

— Mais je croyais que vous vouliez d'abord apprendre le poème, protesta Messire Canichon.

— Eh bien ça y est, on le sait, affirma Angus.

Messire Roger secoua la tête.

— Pas du tout, ce n'était que le début !

— Vous voulez dire qu'il y a une suite ? s'écria Jeannette, manquant avaler son chewing-gum.

— Oh, Seigneur ! oui, confirma Messire Canichon.

— Ce n'est pas fini du tout ! crièrent les papys chevaliers.

— Il va y avoir une bataille épique, précisa Messire Roger en martelant gaiement le sol de sa canne. Moult chevaliers vont mourir dans d'atroces souffrances.

L'estomac de Wiglaf se retourna.

— Il y a combien de strophes en tout ?

— Six cent vingt-deux… ou peut-être six cent vingt-trois.

— C'est trop pour les mémoriser d'ici le 1ᵉʳ avril ! Même moi, je n'y arriverai pas ! avoua Érica.

— Oui, il faut des années pour apprendre ce poème en entier, affirma Messire Roger.

— Des années et des années, renchérirent tous les papys chevaliers.

— Alors c'est fichu, on ne pourra pas sauver notre école, conclut-elle tristement.

— Nous, non, mais les papys chevaliers peut-être ! s'écria Wiglaf. Messires, accepteriez-vous de venir à l'EMD le 1er avril pour réciter le poème à Grinchetrogne ?

Messire Roger secoua la tête.

— J'aurais aimé pouvoir vous aider, mais ça ne fonctionnera pas. Ce sont les élèves de l'école qui doivent réciter le poème.

— Grinchetrogne n'admet aucune exception, ajouta Messire Canichon. Ça lui permet de perpétuer la légende auprès des jeunes générations.

— Oh ! c'est sans espoir, soupira Érica.

— Effectivement, l'avenir de votre école m'a l'air bien compromis, affirma Messire Lancelot, installé à l'atelier tapisserie.

Il était en train de broder un portrait de lui-même.

— Attendez un peu ! intervint Wiglaf. On a découvert la faiblesse secrète de Grinchetrogne. On a trouvé des papys chevaliers qui connaissent le poème en entier. On ne va pas abandonner maintenant !

Il toisa Messire Roger avec son crâne rond et chauve. Et Messire Canichon, tout maigre, avec ses cheveux blancs frisés. Il essaya d'imaginer à quoi ils ressemblaient quand ils étaient petits quand, soudain, il lui vint une idée.

— Vous croyez que Grinchetrogne a de bons yeux ?

— Il était déjà myope comme une taupe il y a cinquante ans, répondit Messire Roger.

— Alors il faut qu'on trouve des uniformes ! s'exclama Wiglaf, tout excité. Des tas d'uniformes de l'EMD.

— Qu'est-ce que tu racontes, Wigounet ? s'étonna Érica.

— Je sais ! fit Jeannette. Les papys chevaliers n'auront qu'à enfiler nos tuniques pour

se déguiser en apprentis-massacreurs !
Génial ! Je savais qu'on allait bien s'amuser.

Érica retrouva aussitôt le sourire.

– Super plan, Wigounet.

Elle se tourna vers les chevaliers.

– Vous êtes d'accord, messires ? Vous
acceptez de nous aider à sauver notre école ?

– Nous serions ravis de vous donner un
coup de main, répondit Messire Canichon.
Hélas, nous sommes trop vieux pour nous
déplacer !

– On peut à peine monter dix marches
sans être obligés de s'arrêter pour reprendre
notre souffle, renchérit Messire Roger. On
n'y arrivera jamais.

– En plus, déjà quand on était jeunes,
c'était épuisant de réciter ce poème en
dansant, reprit Messire Canichon, mais,
maintenant, ça nous achèverait.

C'est alors qu'une cloche retentit.

– Ah, c'est déjà l'heure du dîner ! se
réjouit Messire Lancelot, abandonnant sa
tapisserie. Désolé, damoiselles et damoi-

seaux, mais j'aime être le premier partout !
Surtout dans la queue de la cantine.

Et il fila.

Tandis que les papys chevaliers le sui-
vaient à petits pas, Wiglaf entendit un drôle
de bruit dans son dos. Il se retourna et vit
Donn qui les rejoignait. *Tomp, pof, tomp,
pof.*

— *Perdón !* fit-il en s'inclinant. Excusez-
moi, mais j'ai surpris votre conversation. Il
n'y a qu'une seule personne au monde qui
pourrait remettre ces pauvres vieux sur pied
à temps pour vous aider.

— Qui ? Dites-nous ! le pressa Érica.

— *Yo !* annonça Donn avec un sourire
malicieux. Moi. *Sí !* Je relève le défi.

Chapitre cinq

– Dans mon pays natal, l'Espagne, fit Donn en se redressant de toute sa taille, j'étais un entraîneur sportif renommé. On me surnommait Don Donn.

Wiglaf vit en effet les muscles saillir sous sa tunique.

– Je possédais une chaîne de salles de sport que j'avais baptisée *Uno ! Dos ! Tres !*

– Un ! Deux ! Trois ! C'est ça ? traduisit Angus.

– *Sí*, confirma-t-il. J'avais mis au point un programme de remise en forme extrêmement efficace. J'ai fait fortune.

— Et comment avez-vous atterri à l'hospice des Papys Chevaliers ? demanda Wiglaf.

— Oh, c'est une longue histoire !

— Racontez-nous ! supplia l'apprenti-massacreur.

— J'adore les histoires, renchérit Jeannette. Surtout quand elles sont longues et pleines de rebondissements !

— *Bueno*, reprit Don Donn. Il y a trois ans, j'ai embarqué à bord d'un voilier en partance pour l'Angleterre où je voulais ouvrir des salles de sport, quand soudain nous avons essuyé un terrible orage. Il y avait des éclairs, des coups de tonnerre, des vagues plus hautes que ce château !

— C'est affreux ! s'exclama Érica.

— Mais il y a pire. Une énorme vague a fracassé le bateau en mille morceaux. Il ne restait plus que le mât.

— Quelle horreur ! commenta Jeannette.

— Mais il y a pire, enchaîna Donn. Tous les passagers et l'équipage sont tombés à la mer. Le moindre de mes os était cassé, pourtant, je me suis cramponné au mât et j'ai tenu bon. Deux autres rescapés ont fait pareil. Nous avons dérivé sur l'océan pendant des jours et des jours, cernés par les monstres marins.

— Misère ! s'écria Angus.

— Mais il y a pire. Une de ces abominables bêtes m'a arraché la jambe gauche.

Wiglaf eut un haut-le-cœur.

— Le pire est passé, là ? demanda-t-il.

Parce que sinon, il ne voulait pas entendre la suite.

— Presque, le rassura Don Donn. Par chance, l'eau était tellement froide que je n'ai pas perdu beaucoup de sang. Enfin, le courant nous a déposés sur une île. Mes camarades ont déchiré leurs haillons pour bander ma blessure et j'ai survécu. Quand mes fractures ont été guéries, je me suis fabriqué une jambe de bois avec le mât du bateau.

Wiglaf n'en revenait pas. Quel courage ! Jeannette était tellement captivée par le récit de Donn qu'elle avait arrêté de mâchouiller son chewing-gum.

— C'est une histoire vraie ? demanda-t-elle.

— *Sí* !

Don Donn roula le haut de sa botte gauche pour leur montrer sa jambe de bois.

— Sculptée dans le meilleur teck ! commenta-t-il en la tapotant.

— Ça ne nous dit pas comment vous êtes arrivé ici, remarqua Angus.

— Un voilier qui passait nous a pris à son bord et ramenés sur les côtes anglaises. Comme je n'avais aucune envie de remonter sur un bateau, j'ai décidé de rester. J'ai fait transférer ma fortune ici. Après tout ce que j'avais traversé, j'avais envie de faire profiter de mon expérience ceux qui en avaient le plus besoin, de vieux chevaliers blessés et usés par des années de batailles. Alors j'ai acheté ce château, j'y ai fait construire une salle de sport sur le modèle de mes gymnases *Uno ! Dos ! Tres !* et j'ai ouvert l'hospice des Papys Chevaliers.

— C'est une très belle maison de retraite, commenta Wiglaf.

— *Sí*, mais il y a *un pequeño* problème. Les vieux chevaliers aiment parler de leurs jours de gloire, mais ils sont convaincus que c'est du passé. Ils n'ont donc aucune raison d'entretenir leur forme. Malgré tous mes efforts, je n'ai pas réussi à en attirer un seul dans ma salle de sport. Cependant je crois que j'ai une idée.

— Comment ça ? l'interrogea Jeannette.

— Les papys chevaliers ont envie de vous donner un coup de main, ils veulent venir dans votre école réciter le poème. Ils veulent vous aider à sauver l'EMD des griffes de Grinchetrogne. Ils veulent redevenir des héros !

— Vous croyez que, grâce à vous, ils pourraient y arriver ? demanda Wiglaf.

— *Sí !* Quelqu'un qui s'est taillé une jambe de bois dans le mât d'un bateau est capable de tout, je vous le dis.

— Excusez-moi, Don Donn, intervint

Angus. Il faut qu'on y aille, sinon on va rater le dîner.

— Vous reviendrez demain ?

— *Sí !* s'écria Jeannette. On va vous aider… et on va bien s'amuser !

— *Bueno*, fit l'animateur, le 1ᵉʳ avril, c'est dans… quatorze jours exactement. Demandez à votre directeur la permission de passer deux semaines ici. Comme les papys chevaliers ne peuvent pas monter l'escalier, il y a plein de chambres libres au premier étage.

Les quatre apprentis-massacreurs lui dirent au revoir avant de filer à l'EMD.

De gros nuages cachaient la lune. Le chemin du Chasseur était plongé dans l'obscurité. Soudain, Wiglaf entendit des pas.

— Il y a quelqu'un qui vient vers nous, chuchota-t-il.

Érica détacha sa mini-torche de sa ceinture de Messire Lancelot et l'alluma.

Wiglaf distingua deux silhouettes au loin.

— Halte, qui va là ? demanda Érica.

— Non, vous ! Qui va là ? répliquèrent les autres.

Dans la pénombre, ils virent approcher deux damoiselles.

— Érica ? fit l'une d'elles. C'est toi ?

L'apprentie-massacreuse plissa les yeux en murmurant :

— Rosamonde ?

— Ouiiiiii ! s'écria celle-ci en se jetant au cou d'Érica.

— Ravie de te revoir, fit-elle en se dégageant de son étreinte. Rosie est la princesse de Dessoudebrasie de l'Ouest, dit-elle à ses amis. On se connaît depuis la maternelle.

Rosamonde leur présenta sa compagne :

— Et voici Val, princesse de Dessoudebrasie de l'Est. On sort de l'EMD.

— Notre directrice nous a envoyées emprunter un peu d'or à Mordred, expliqua Val. L'abominable dragon Grinchetrogne a vidé les caisses du Pensionnat des Petites Princesses.

— Cornebidouille ! s'exclama Jeannette. Et il ressemblait à quoi, ce vieux machin ?

— Des griffes acérées et une longue queue hérissée de piquants, commença Rosamonde.

— De la lave en fusion dégoulinant sur le menton, compléta Val. Répugnant.

Wiglaf frissonna. Ce dragon avait l'air féroce, malgré son grand âge !

— Je parie que Mordred ne vous a pas prêté un sou, pas vrai ? devina Angus.

— Pas la moindre petite pièce, confirma Rosamonde. Quel radin !

— On va essayer au Lycée des Parfaits Chevaliers, enchaîna Val. Faut qu'on file !

— Ciaooooooo ! lança Rosamonde.

Les damoiselles poursuivirent leur route vers le nord, tandis que les apprentis-massacreurs regagnaient leur école.

« Une chose est sûre, pensa Wiglaf, complètement abattu. Le plus vieux dragon du monde n'a pas encore pris sa retraite. »

Chapitre six

En arrivant à l'EMD, les quatre apprentis-massacreurs trouvèrent Dame Lobelia dans le hall.

— Tata ? fit Angus. Où est oncle Mordred ? Il faut qu'on lui parle.

— Mordounet s'est enfermé dans son bureau. Il fait ses bagages, c'est donc moi qui dirige l'école pour le moment.

Elle plissa les yeux en regardant Jeannette.

— Tu mâches du chewing-gum ?

Celle-ci avala tout rond.

— Plus maintenant.

— Bon, on a des choses à te dire, tata, reprit Angus. C'est important.

— Installons-nous dans mon petit salon.

Après avoir entendu leur histoire, Dame Lobelia se laissa tomber dans son fauteuil en velours bleu.

— Par le casque de saint Georges ! s'exclama-t-elle. Si je comprends bien, seuls les papys chevaliers peuvent empêcher Grinchetrogne d'incendier l'école ?

— Tout à fait, tata. Et il leur faut des uniformes afin de se faire passer pour des élèves de l'EMD.

— Nous en avons en réserve, dans toutes les tailles, affirma Dame Lobelia. Mais ça ne suffira pas...

Une étincelle brilla dans ses yeux.

— Ils vont avoir besoin de maquillage... et de perruques. Pas de problème, tout sera prêt d'ici le 1er avril.

Wiglaf et les autres filèrent dans leur dortoir pour préparer leur paquetage.

Le lendemain, ils se mirent en route aux aurores et arrivèrent à l'hospice dans la matinée.

— *Bueno !* s'exclama Don Donn en accueillant ses nouveaux assistants.

Il les fit monter au premier étage du château. La chambre d'Érica et de Jeannette donnait sur le mont Garatoi, quant à Wiglaf et Angus, ils avaient vue sur le village de Doidepied.

Ensuite, Don Donn les conduisit à la salle de sport. Il poussa une porte surmontée d'un panneau :

UNO ! DOS ! TRES !

— Waouh ! siffla Jeannette en entrant. C'est encore mieux qu'à l'École des Exterminateurs de Dragons.

Wiglaf n'avait jamais mis les pieds dans un gymnase. À l'EMD, il n'y en avait pas car Mordred était convaincu que faire le ménage du château était le meilleur exercice.

L'apprenti-massacreur ouvrit donc de grands yeux en découvrant les étranges équipements et engins de la salle.

Des cordes à grimper pendaient du plafond. Une barre fixe avait été installée dans l'encadrement de la porte. Il y avait des ballons et des poids de toutes les tailles, des matelas étalés par terre et une sorte de barque munie de rames.

Don Donn passa la matinée à leur montrer les techniques d'entraînement *Uno ! Dos ! Tres !* : pompes, tractions, sauts. Il leur fit une démonstration sur chacune des machines.

Puis il leur tendit des badges aux couleurs de *Uno ! Dos ! Tres !*

— Tenez, comme ça, on verra que vous êtes mes assistants.

Wiglaf n'était pas peu fier d'accrocher le sien à sa tunique.

— Les papys chevaliers doivent être en train de déjeuner, reprit Donn. Vous voulez manger avec eux ?

Ils se rendirent à la cantine.

— Qui m'a volé mon petit pain ? criait un papy.

— Il n'y a pas de viande dans mon friand !
braillait un autre.

On se serait cru dans le réfectoire de
l'EMD !

— Ah ! voilà nos petits apprentis-massacreurs, constata Messire Canichon en leur
faisant signe de venir à sa table.

Les quatre amis le rejoignirent et s'assirent.

— Ils veulent la suite du poème, Roger. Où
en était-on ?

— Je sais ! affirma ce dernier.

Et il se mit à réciter :

Le dragon se dressa de toute sa hauteur
Et ouvrit sa gueule fumante.
Les preux chevaliers, morts de peur,
S'enfuirent séance tenante.

Messire Perceval s'exclama :
« Il nous faut un plan d'attaqueuh !
— Bien parlé », répliqua Messire Keu.
Et toute la nuit, on pensa, parla et discuta.

— *Perdón !* fit Don Donn en s'approchant de leur table. Excusez-moi de vous interrompre, Messire Roger, mais vous aimeriez sauver l'EMD des griffes de Grinchetrogne et redevenir des héros, non ?

— Oh oui, si seulement on pouvait ! répondirent en chœur tous les chevaliers.

Tous sauf Messire Lancelot qui était en train d'engloutir son friand.

— *Bueno !* Alors j'ai de bonnes nouvelles pour vous. Vous allez sauver l'EMD. Vous serez des héros !

Érica se leva.

— Messires, grâce à Don Donn et à sa nouvelle équipe, vous allez redevenir de vaillants chevaliers, annonça-t-elle. Durant les deux prochaines semaines, nous allons vous entraîner en suivant son célèbre programme sportif *Uno ! Dos ! Tres !*

Angus enchaîna :

— Et dans quinze jours, vous serez assez en forme pour faire le trajet jusqu'à l'EMD.

Puis ce fut au tour de Jeannette :

— Et pour réciter le poème de Grinche-trogne en entier.

— Avec les pas de danse et tout et tout, compléta Wiglaf. Comme ça, vous sauve-rez notre école !

— Hip, hip, hip, hourra ! s'exclama Mes-sire Canichon.

Tous les papys chevaliers applaudirent et frappèrent le sol de leurs cannes.

— Sornettes ! fit Messire Lancelot une fois que le vacarme se fut tu.

Un silence de plomb tomba dans la salle.

— Enfin, vous vous êtes regardés ? pour-suivit-il. Vous pensez vraiment que quelques heures à suer dans une salle de sport vont vous rendre votre jeunesse ? Non, vous serez épuisés, plein de courba-tures, mais ça ne vous changera pas en héros. Vous rêvez !

— Tu veux parier, Lance ? le défia Messire Roger.

— Tu vas voir ce que tu vas voir ! promit Messire Canichon.

Don Donn se leva alors.

— Écoutez, *señores*, mon programme fonctionne. Je vous le jure sur ma jambe de bois. Que ceux qui veulent essayer se lèvent. Ou si vous avez du mal à vous mettre debout, levez la main.

De nombreux bras se tendirent vers le plafond du réfectoire.

— *Bueno !* Alors c'est parti !

— Ce sera sans moi, décréta Messire Lancelot. Je suis très heureux comme ça. À ne rien faire.

Chapitre sept

— Bienvenue au programme d'entraînement des papys héros ! lança Don Donn
alors que seize vieux chevaliers entraient en
trottinant dans le gymnase.

— Ventrebleu ! s'exclama Messire Canichon en regardant autour de lui. Ce sont des
engins de torture ?

— Mes assistants vont tout vous expliquer,
promit Don Donn. Pour le moment, ali-
gnez-vous devant moi.

Il répartit les chevaliers en quatre groupes
de quatre. Messire Canichon, Messire
Chaussetrappe et deux autres rejoignirent
Wiglaf à pas traînants.

Alors qu'il conduisait sa petite équipe à
la barre fixe, il vit Messire Lancelot qui

les observait, appuyé à l'encadrement de la porte.

— Regardez, fit Wiglaf, je vais me hisser à la force des bras jusqu'à ce que mon menton touche la barre.

Il n'était pas très musclé, mais il réussit à faire trois tractions avant de se laisser tomber à terre.

— À vous de jouer, Messire Canichon.

Don Donn les rejoignit pour aider le vieux chevalier à agripper la barre.

— Vous pouvez y arriver ! fit Wiglaf.

— Dans tes rêves ! se moqua Messire Lancelot.

— Allez, on tire sur ses bras ! l'encouragea Don Donn.

— Mais je tire, affirma Messire Canichon avant de lâcher la barre.

Messire Lancelot souriait d'un air satisfait.

— Vous voyez ? Qu'est-ce que je vous avais dit ?

Messire Chaussetrappe et les autres papys chevaliers passèrent à tour de rôle, mais

aucun d'eux ne réussit à faire une traction. Ils ne parvinrent pas davantage à actionner le rameur. Quant à sauter par-dessus le cheval-d'arçons, n'en parlons pas.

Lorsque la cloche annonça le dîner, les apprentis-massacreurs s'assirent à la table de Don Donn. Une fois Lancelot parti, ils se retrouvèrent seuls dans le réfectoire. Les papys chevaliers étaient tellement épuisés qu'ils étaient allés se coucher directement.

— C'est sans espoir ! soupira Jeannette. Dans mon groupe, ils sont essoufflés au bout de deux pas.

— Messire Roger n'arrive à rien, enchaîna Angus, et si j'essaie de l'aider, il me donne des coups de canne.

— Messire Dubaveux parvient à toucher ses doigts de pieds sans plier les genoux, annonça Érica. Mais les autres tiennent à peine debout.

— Messire Chaussetrappe a juste eu le temps de jeter un coup d'œil aux machines… et il s'est endormi, raconta Wiglaf.

— *Bueno* ! fit Don Donn. Bien, bien, bien.

— Non, pas *bueno* du tout, protesta Érica. C'est un échec !

— Il faut savoir surmonter ses échecs pour atteindre son but, affirma Don Donn. Demain, vous constaterez déjà des progrès.

Effectivement, le jour suivant, Wiglaf eut l'impression que les papys chevaliers se débrouillaient un peu mieux. Messire Canichon réussit à prendre la barre fixe des deux mains et, avec un effort visible, il plia les coudes.

— Hourra ! s'écria Wiglaf. C'est bien !

Messire Chaussetrappe parvint à grimper sur le rameur et à saisir les rames avant de s'endormir.

Au bout d'une heure d'entraînement, Don Donn proposa aux papys chevaliers de s'asseoir sur les matelas.

Avec leurs rhumatismes et leurs courbatures, il leur fallut un peu de temps pour s'installer confortablement.

Enfin, Don Donn reprit :

— Fermez les yeux, *señores*. Imaginez que nous sommes le 1er avril. Imaginez-vous dans vos tuniques bleues, chevauchant vos destriers pour vous rendre à l'EMD. Vous êtes droits et fiers, comme du temps de votre gloire.

Wiglaf vit un sourire se dessiner sur les lèvres des papys chevaliers.

— Maintenant, imaginez-vous en face du dragon. Vous le regardez droit dans les yeux en récitant le poème.

Certains chevaliers commencèrent à articuler sans bruit.

— Puis vous commencez à faire les pas de danse.

— Waouh ! s'exclama Messire Canichon.

Tout en gardant les yeux fermés, il se mit à remuer les bras et les jambes.

— Ouaaaais ! renchérit Messire Roger en faisant de même.

— Regarde-nous bien, cupide dragon ! menaça Messire Chaussetrappe.

— *Bueno*, fit Don Donn, vous pouvez ouvrir

les yeux. Un excellent début. Rendez-vous demain matin à sept heures tapantes !

Les papys chevaliers se relevèrent tant bien que mal et quittèrent le gymnase en boitillant.

Messire Canichon demeura en arrière. Il s'approcha de la barre fixe, la saisit des deux mains puis tenta de se hisser à la force de ses bras. Il serra les dents. Devint écarlate. Mais il réussit à faire une traction.

— Bravo, Messire Canichon ! le félicita Wiglaf. Génial !

Il se tourna vers Don Donn.

— Ça marche !

— *Sí*, je vous l'avais bien dit.

Le programme d'entraînement des papys chevaliers se poursuivit ainsi pendant deux semaines. Les papys chevaliers travaillaient dur mais, chaque jour, ils faisaient des progrès. Et sans jamais se plaindre de quoi que ce soit. Sauf du régime spécial forme que Don Donn leur imposait.

Parfois, Messire Lancelot venait traîner à l'entrée du gymnase.

— *Señor* Lancelot ! le hélait Don Donn. Venez nous montrer comment faire une traction.

Le chevalier se contentait de secouer la tête.

— Pourquoi ? Je n'ai pas l'intention de participer à votre quête ridicule.

Petit à petit, les papys chevaliers retrouvaient la forme.

Le cinquième jour, Messire Canichon fit trois tractions.

Le septième, Messire Roger jeta sa canne.

— Bon débarras !

Le huitième jour, Messire Chaussetrappe grimpa à la corde et toucha le plafond en criant :

— Youpi !

Le neuvième, Messire Roger s'approcha de la barre fixe.

— Allez, Roger ! Allez, Roger ! Alleeez ! l'encouragea Angus.

Le papy chevalier sauta, agrippa la barre et fit douze tractions à la suite.

— Hip, hip, hip hourra pour Roger ! l'acclamèrent les autres chevaliers.

À la fin de chaque séance, Don Donn leur demandait de fermer les yeux et de revivre leurs heures de gloire.

Le dixième jour, Messire Canichon se tenait bien droit, il paraissait avoir vingt ans de moins que la première fois que Wiglaf l'avait vu. Quant à Messire Roger, ses muscles saillaient sous sa tunique et une étincelle brillait dans ses yeux.

Après le onzième entraînement, les papys chevaliers allèrent trouver Don Donn et ses assistants.

— Nous sommes la preuve vivante que la méthode *Uno ! Dos ! Tres !* fonctionne, affirma Messire Canichon.

Il tourna sur lui-même pour faire admirer sa forme retrouvée.

— *Sí !* confirma Don Donn.

— Mais à partir de demain, nous aimerions avoir un peu de temps libre.

L'entraîneur fronça les sourcils.

— Pourquoi ?

— Si l'on veut sauver l'EMD des griffes de Grinchetrogne, il faut que l'on répète notre danse, expliqua Messire Roger.

Don Donn sourit.

— *Bueno !* On va caser ça dans le programme. Pas de problème !

— Hé, Roger, intervint Jeannette, tu peux nous apprendre ta danse ?

— Les dragons ont-ils des ailes ? demanda Messire Roger.

— Et les chevaliers des armures ? enchaîna Messire Canichon.

— Bien sûr que oui ! s'écrièrent les papys chevaliers en chœur.

— Super ! s'écria Jeannette.

Elle souffla, souffla, souffla si fort que sa bulle de chewing-gum éclata.

— Ça va swinguer, demain !

Le lendemain matin, Wiglaf et ses amis se rendirent au gymnase en courant.

Les papys chevaliers étaient déjà là.

— Allez, au boulot ! leur lança Messire Canichon. On répète depuis l'aube.

— Prêt pour une petite démonstration, Canichon ? demanda Messire Roger. Un, deux, et un, deux, trois !

Les deux papys chevaliers se tenaient côte à côte, ils sautèrent pour se retrouver face à face et brandirent une épée imaginaire en entonnant :

— *Jadis, quand les chevaliers étaient preux…*

Ils posèrent la main sur leur cœur en poursuivant :

— *Et les damoiselles si belleuh…*

Messire Canichon et Messire Roger firent une affreuse grimace.

— *Un dragon terrorisait la région…*

Puis ils recourbèrent leurs mains comme des griffes.

— *Grinchetrogne était son nom.*

— On va le faire, attendez ! annonça Érica.

Les quatre apprentis-massacreurs répétèrent les gestes.

— *Muy bueno !* commenta Don Donn, qui était entré sans bruit dans le gymnase. Très bien !

Les papys chevaliers enchaînèrent avec la strophe suivante, accompagnée des pas de danse.

Grinchetrogne vivait au fond d' une grotte,
Non loin du village d'Escabotte.
Il volait, grondait, crachait du feu
Et détruisait tout à coups de queue.

Chaque fois qu'ils prononçaient le nom de Grinchetrogne, ils levaient leurs pattes griffues. Et lorsqu'ils arrivèrent au moment où le dragon « volait, grondait, crachait du feu », ils se déchaînèrent. Ils sautèrent, tournoyèrent dans les airs et retombèrent en faisant le grand écart.

— Nom d'un dragon ! gémit Wiglaf. Ça va ?

— Oui, oui, le rassura Messire Canichon en se relevant tant bien que mal, ça fait partie de la danse.

— Euh ! je crois que je suis coincé, avoua Messire Roger.

Après cet incident, les papys chevaliers décidèrent de se contenter d'expliquer les mouvements les plus sportifs aux apprentis-massacreurs afin de rester en forme jusqu'au jour J.

Ravie de pouvoir faire la folle, Jeannette se montra extrêmement douée pour les passages les plus dynamiques. Érica était experte en mouvements des mains. Angus, lui, roulait des hanches comme personne. Wiglaf découvrit qu'il possédait un vrai don pour les pirouettes et le grand écart. Il avait l'impression de n'avoir jamais travaillé aussi dur de sa vie. Arrivés à la septième strophe, les quatre amis étaient en sueur et à bout de souffle.

Ce soir-là, ils furent les premiers couchés !

Et le treizième jour arriva. Les papys chevaliers et les apprentis-massacreurs passèrent la matinée à répéter la danse.

— *Muy, muy bueno !* s'écria Don Donn en

les voyant enchaîner les vingt-cinq premières strophes. De vrais pros !

Après le déjeuner, les papys chevaliers reprirent leur programme *Uno ! Dos ! Tres !* pour la dernière fois. Messire Lancelot vint assister à l'entraînement, un sourire narquois aux lèvres.

— *Hola ! Señor* Lancelot, lança Don Donn. Ils sont fins prêts. Vous pouvez vous joindre à nous si vous voulez. Vous êtes venu nous regarder tous les jours, vous devez connaître les mouvements.

— Allez, Messire ! l'encouragea Érica.

— Ouais ! renchérit Wiglaf. Allez-y ! Vous en êtes capable.

— Je sais que j'en suis capable, affirmat-il. La question est : « En ai-je vraiment envie ? » Et la réponse est non.

Sur ces mots, il tourna les talons et s'en fut.

Wiglaf regarda Érica. Elle était au bord des larmes.

Chapitre huit

Le 1er avril à l'aube, le ciel était clair et bleu. Les papys chevaliers et leurs entraîneurs commencèrent la journée par un copieux petit déjeuner, puis ils sortirent sur le parvis du château.

— Faites seller nos nobles destriers, ordonna Messire Canichon.

— Désolé, fit Don Donn en tirant de la grange une charrette à foin attelée à deux chevaux gris. Il va falloir se débrouiller sans destriers.

— Pas de problème, répondit Messire Roger.

Avec les autres papys chevaliers, ils se hissèrent à bord de la charrette. Wiglaf et ses amis les imitèrent.

— Hue, Rosa ! Hue, Bella ! cria Don Donn. Au petit trot !

Le trajet fut un peu cahoteux mais personne ne s'en plaignit. Les papys chevaliers avaient l'air ravis de quitter leur hospice.

Enfin, un donjon de pierre sombre se dessina à l'horizon.

— Voilà l'EMD ! s'écria Érica.

Wiglaf regarda son école, tout ému. Il espérait vraiment que les papys chevaliers pourraient la sauver des flammes de Grinchetrogne.

Don Donn fit arrêter la charrette à foin devant le pont-levis. Tous les passagers sautèrent à terre.

— Oncle Mordred ! cria Angus en traversant le pont. Tante Lobelia !

Il tambourina contre la grande porte en bois. Wiglaf attendait avec les autres au bord des douves. Il leva les yeux vers le château. On avait renforcé la grande porte par des barres de fer. Tous les volets étaient clos. L'EMD attendait Grinchetrogne de pied ferme.

Angus frappa à nouveau.

— Ouvrez-moi ! Nous savons comment empêcher le dragon d'incendier l'école !

Enfin, Potaufeu, le cuisinier, entrouvrit un battant. Il écarquilla les yeux en découvrant la bande de chevaliers boiteux qui se tenaient derrière l'apprenti-massacreur.

— Vous voulez un morceau à manger, mes pauvres diables ? demanda-t-il. Entrez, je vais vous réchauffer du ragoût d'égout.

— Du ragoût d'égout ? s'écria l'un des papys chevaliers. C'est ce qu'ils nous donnaient à la cantine quand on était gamins !

— On avait déjà horreur de ça à l'époque, et ça n'a pas changé !

Avant que Potaufeu ait pu leur proposer sa fameuse tourte aux anguilles, Dame Lobelia fit son apparition.

— Bienvenue, Messires ! Merci de venir à notre secours.

— *Señorita* Lobelia ! fit Don Donn en s'inclinant.

Il lui prit la main pour la porter à ses lèvres.

— Quel plaisir de vous revoir !

— Oh, Donn ! couina-t-elle. Tout le plaisir est pour moi !

Angus leva les yeux au ciel en grommelant :

— C'est pas vrai, je rêve !

Dame Lobelia s'écarta pour les laisser passer.

— Entrez, entrez tous !

Ils traversèrent le corps de garde afin de pénétrer dans la cour du château.

Wiglaf ne s'attendait pas à y voir Mordred. Vêtu de sa grande cape de voyage en soie rouge et d'un chapeau assorti, il était assis sur une immense pile de bagages en cuir.

— Les élèves sont en cours, expliqua Dame Lobelia à voix basse. Je fais en sorte de ne pas changer les habitudes. Je ne voudrais pas semer la panique !

Elle jeta un regard navré à son frère Mordred avant de poursuivre :

— Venez donc dans mon petit salon,

messires chevaliers. Et vous aussi, Donn, ajouta-t-elle en battant des cils. Angus ? Toi et tes amis, vous allez m'aider à transformer ces chevaliers en élèves de l'EMD.

— On se croirait dans mon ancienne école, remarqua Messire Canichon alors qu'ils grimpaient les marches du perron.

— Je me sens rajeunir, tiens ! renchérit Messire Roger.

Lobelia avait étalé de nombreux uniformes sur les banquettes de son petit salon. Elle invita les papys chevaliers à se servir.

— Choisissez votre taille. Vous pouvez vous changer derrière ce paravent.

Messire Canichon et neuf autres chevaliers se jetèrent sur les uniformes de garçon avant de filer dans la cabine d'essayage improvisée.

— Il reste plus que des tenues de fille ! protesta Messire Roger.

— Ça fera l'affaire pour tromper Grinchetrogne, affirma Dame Lobelia. Allons, allons, dépêchons.

En ronchonnant, Messire Roger et les autres prirent les uniformes de damoiselle et allèrent se changer derrière le paravent.

Quelques minutes plus tard, tous les chevaliers ressortirent, vêtus comme des apprentis-massacreurs. C'était un étrange spectacle que de voir leurs vieilles jambes grêles sortir des uniformes et leurs cheveux blancs émerger des tuniques.

Wiglaf avala sa salive. Il fallait espérer qu'ils réussiraient à tromper Grinchetrogne !

— Ha-ha ! J'ai l'impression d'être redevenu gamin ! s'exclama Messire Canichon.

Il tournoya sur lui-même pour leur montrer sa tenue.

— Eh ben, pas moi ! grommela Messire Roger dans son uniforme de fille.

Il croisa les bras sur sa poitrine, furieux.

— Comme ça, ça ira peut-être mieux, suggéra Lobelia en enfonçant une perruque blonde et bouclée sur son crâne chauve.

Puis elle recula d'un pas pour l'admirer et décréta :

— Très joli !

Elle coiffa alors les papys chevaliers déguisés en filles de perruques de différentes couleurs.

Wiglaf s'empressa d'aller rassurer le vieux chevalier.

— Peu importe comment vous êtes habillé, Messire Roger, vous êtes un héros, quoi qu'il en soit.

Celui-ci retrouva instantanément le sourire.

— Merci, fiston. Ça fait plaisir.

— Nous allons faire une dernière répétition en costume dehors, annonça Messire Canichon.

Les apprentis-massacreurs précédèrent Don Donn et les papys chevaliers dans la cour de l'EMD. Mordred était toujours assis sur sa pile de bagages.

— Messire ! fit Wiglaf en s'approchant du directeur avec ses amis. Nous avons fait venir seize chevaliers de l'hos…

— Silence ! le coupa Mordred en levant

une main chargée de bagues en or. Avez-vous croisé en chemin mon messager Yorick ?

— Non, messire, répondit Érica.

Le directeur plissa le front.

— Il était censé arriver il y a plus d'une heure pour nous emmener moi et mon or…

Il hésita et les dévisagea d'un œil soup-çonneux avant d'ajouter :

— … en lieu sûr.

— Ce n'est plus la peine d'aller vous cacher, messire, affirma Jeannette.

Mordred haussa un de ses sourcils brous-sailleux.

— Ah non ?

— Non, tonton, lui assura Angus. Les papys chevaliers vont nous protéger de Grinchetrogne.

— Ils connaissent sa faiblesse secrète, enchaîna Wiglaf. C'est un poème et ils vont le réciter devant lui.

— Vous voulez dire que… mon or ne craint rien ?

— Oui, tonton, on va sauver ton or et ton école, confirma Angus.

Mordred sourit.

— Eh bien alors, qu'est-ce que vous attendez ? Prenez mes malles, portez-les dans mon bureau. Bougez-vous un peu ! Allez, allez !

Wiglaf venait de soulever un sac énorme lorsqu'ils entendirent du vacarme dans leur dos. En se retournant, il vit les élèves de l'EMD déferler dans la cour.

— Misère ! Ne laissez pas ces voyous s'approcher de mon or ! cria le directeur.

— Ce ne sont pas des voyous, oncle Mordred, intervint Angus, ce sont tes élèves !

— Vite, filons avant qu'il ne soit trop tard ! criaient-ils, paniqués, en courant vers le corps de garde.

Érica leur bloqua le passage.

— En tant que future apprentie-massacreuse du mois, je vous ordonne de vous arrêter !

Les filles et les garçons s'immobilisèrent.

— Ce n'est pas la peine de fuir, expliqua-t-elle.

— Mais il y a un dragon qui veut incendier l'école ! protesta Corentin Crétin.

— Un dragon va nous rendre visite, c'est vrai, confirma-t-elle, mais il ne mettra pas le feu à notre école parce que nous possédons une arme secrète.

— Génial ! s'écrièrent les élèves en chœur.

— Et c'est quoi, cette arme secrète ? voulut savoir Quentin Crétin.

Juste à ce moment-là, les papys chevaliers sortirent sur le perron du château, vêtus de leurs uniformes de l'EMD.

Érica écarta théâtralement les bras.

— J'ai l'honneur de vous présenter… notre arme secrète !

Tous les élèves se retournèrent d'un seul mouvement. Lorsqu'ils découvrirent les papys chevaliers, leur mâchoire faillit se décrocher.

— C'est ça, votre arme secrète ? s'étonna Bertin Crétin.

— Une bande de vieux croûtons ! gémit Corentin.

Sans attendre la réponse, ils détalèrent en hurlant.

— Arrêtez ! cria Érica. Attendez !

Mais sans rien écouter, ils foncèrent droit devant. Soudain, le ciel s'obscurcit.

Wiglaf leva la tête. De gros nuages noirs s'amoncelaient à l'horizon.

Les élèves stoppèrent net et regardèrent en l'air. Un silence de plomb s'abattit sur le château.

Une gerbe de flammes orangées transperça les nuages et une voix caverneuse résonna au-dessus d'eux :

— JE ME PRÉSENTE : GRINCHE-TROGNE, LE PLUS VIEUX DRAGON DU MONDE. VENEZ DONC ME SALUER !

Chapitre neuf

En entendant la voix de Grinche-trogne, Mordred se mit à hurler.

Tous les élèves l'imitèrent.

Messire Canichon ne perdit pas son sang-froid.

— Tant pis, pas de répétition générale, déclara-t-il en couvrant leurs cris. Les jeunes, mettez-vous devant, les papys, derrière.

Wiglaf, Angus et Jeannette lui obéirent aussitôt, tandis qu'Érica allait chercher les autres élèves, regroupés dans le corps de garde.

— En tant que future apprentie-massacreuse de dragons du mois, je vous ordonne d'arrêter de brailler.

Ils se turent aussitôt.

— Vous devez nous aider à sauver l'EMD. Retournez dans la cour et placez-vous devant les papys chevaliers. Comme ça, Grinchetrogne les prendra pour des élèves.

— Ça marche, Érica ! acquiesça Corentin Crétin.

— Prenez exemple sur Wiglaf, Angus, Jeannette ou moi, et imitez-nous. Car si nous échouons, l'EMD s'envolera en fumée !

— Ça marche, Érica ! répondirent-ils tous en chœur.

Elle se plaça au premier rang tandis que les autres se mêlaient aux papys chevaliers.

— En avant, marche ! ordonna Messire Canichon.

Et tous ensemble, ils traversèrent la cour, le corps de garde et le pont-levis pour s'arrêter sur le parvis du château.

Rassuré d'être si bien entouré, Mordred les suivit.

Le cœur de Wiglaf tambourinait comme un fou dans sa poitrine. Des bribes du poème de Grinchetrogne lui revenaient en désordre. Il avait l'impression d'avoir oublié tous les pas de danse. La tête lui tournait.

— Regardez ! Regardez ! criaient tous les autres.

Wiglaf leva la tête. Au début, il ne vit rien. Puis il aperçut Grinchetrogne, perché dans un arbre près du pont-levis. Il était verdâtre. Sa corne penchait lamentablement d'un côté. Il semblait tout racorni et bossu.

— Tiens, tiens, fit-il d'une voix chevrotante. Quel plaisir de voir toute une école sortir afin de m'accueillir dignement.

Il sourit. Wiglaf remarqua qu'il avait un sacré beau dentier.

— Ne perdons pas une minute, je suis déjà vieux comme le monde, reprit Grinchetrogne. Qui sait combien de temps il me reste à vivre ? Alors donnez-moi tout votre or, qu'on en finisse !

Mordred se fraya un passage entre les élèves pour venir sur le devant et décréta :

— Tu n'auras pas un sou, dragon !

Le dragon en resta bouche bée de surprise. Wiglaf, horrifié, vit ses dents se décrocher de sa mâchoire… et se briser en mille morceaux par terre.

— Maudit dentiste ! gémit Grinchetrogne. Encore un dentier de fichu !

Une flamme rageuse jaillit alors de sa gueule édentée. Une flamme si brûlante que tout le monde se mit à tousser et crachoter. La chevelure de Mordred commença même à fumer.

— Misère ! Je prends feu !

Le directeur courut plonger sa tête dans l'eau des douves.

— Allez chercher mon or, rugit le dragon du mieux qu'il le put sans ses dents. Et donnez-le-moi immédiatement. Sinon votre école est cuite.

— Un, deux, et un, deux, trois, quatre ! compta Messire Canichon.

Tous ceux qui avaient pris le temps d'apprendre le poème entonnèrent :

Jadis, quand les chevaliers étaient preux...

Wiglaf et Érica sautèrent en l'air pour se retrouver face à face et dégainèrent une épée imaginaire.

Derrière eux les papys chevaliers et les élèves de l'EMD firent de même.

Et les damoiselles si belleuh...

D'un même mouvement, ils posèrent une main sur leur cœur.

Un dragon terrorisait la région...

Ils firent d'affreuses grimaces.

Grinchetrogne était son nom.

Ils agitèrent les mains comme des pattes griffues.

Grinchetrogne vivait au fond d'une grotte,
Non loin du village d'Escabotte.
Il volait, grondait, crachait du feu
Et détruisait tout à coups de queue.

Arrivés à la neuvième strophe, Wiglaf, Angus, Jeannette et Érica laissèrent les papys chevaliers réciter tout seuls. Mais Grinchetrogne était déjà aux anges, ravi d'entendre chanter sa légende. Plus personne n'avait rien à craindre de ce cracheur de feu.

Les papys chevaliers poursuivirent cependant :

Le dragon se dressa de toute sa hauteur
Et ouvrit sa gueule fumante.
Les preux chevaliers, morts de peur,
S'enfuirent séance tenante.

Grinchetrogne leva une griffe pour les arrêter.

— C'est l'une de mes strophes préférées. J'adore quand les chevaliers prennent la fuite !

Mordred osa alors reprendre la parole :

— Dragon, il n'est plus question que tu me voles mon trésor, n'est-ce pas ?

Grinchetrogne secoua sa vieille tête.

— Non, vous m'avez payé en récitant mon poème. Le problème, c'est que je comptais sur cet or. Je vais être un peu juste…

— Vous avez vidé les caisses des autres écoles, intervint Wiglaf. Ça ne vous suffit pas ?

— Comment ça ? gronda le dragon en soufflant un nuage de fumée noire par ses grosses narines. Vous pensez que j'ai assez de sous ?

L'apprenti-massacreur hocha la tête, tout tremblant.

— Alors vous ne connaissez pas les tarifs que pratiquent les chirurgiens, de nos jours ! Ces fieffés voleurs refusent de soigner une griffe incarnée pour moins de six mille ducats.

— C'est pour ça que vous avez besoin de tout cet or ? Pour vous faire opérer ? s'étonna Messire Canichon.

— Mmm, confirma Grinchetrogne, quand on vit aussi vieux que moi, on a de petits soucis de santé. La vieille toquante fonctionne encore bien, j'ai encore quelques siècles devant moi, mais je ne vois pas plus loin que le bout de ma corne. J'ai les deux hanches fichues, les genoux qui jouent des castagnettes et les chevilles qui se tordent à la moindre occasion. Sans parler de mon pauvre dos !

— Comme je vous comprends, c'est pareil pour moi, compatit Messire Canichon.

Le dragon le fixa, interloqué. Plus personne n'osait respirer.

— Vous ne savez pas ce que c'est que d'être vieux ! tonna Grinchetrogne.

— Non, non, bien sûr, s'empressa d'acquiescer Messire Canichon. Je voulais dire qu'un jour, ce sera pareil pour nous, quand… quand on sera vieux, comme vous.

Le dragon hocha la tête, visiblement satisfait de cette explication.

— Il n'y a que mes ailes qui fonctionnent correctement, mais qui sait pour combien de temps ?

Don Donn s'avança alors et s'inclina devant le dragon.

— *Hola ! Señor* Grinchetrogne, peut-être puis-je vous aider ? proposa-t-il. *Por favor,*

puis-je examiner vos chevilles ? Je suis entraîneur sportif, je pourrais vous montrer quelques exercices pour vous remettre en forme.

— Bah, pourquoi pas, grommela le dragon.

Il descendit de son perchoir, s'assit par terre et tendit sa patte arrière gauche.

— *Uno*, fit Don Donn en lui prenant la cheville.

Il la fit pivoter doucement dans le sens inverse des aiguilles d'une montre.

— *Dos*.

Il demanda au dragon de pousser contre sa main.

— *Tres*. Fermez les yeux et imaginez-vous en train de galoper comme un jeune dragon.

Grinchetrogne obéit. Un sourire se dessina sur sa gueule fripée.

— *Bueno !* reprit l'entraîneur. Essayez de faire peser votre poids sur cette patte.

Le dragon se mit debout et avança d'un pas.

— Incroyable ! Ça va beaucoup mieux.

Il se rassit aussitôt et tendit sa patte arrière droite. Tandis que Don Donn la faisait pivoter, il réfléchit tout haut :

— Je n'ai peut-être pas besoin d'opération finalement. Je pourrais plutôt essayer de faire de l'exercice.

— *Sí*, acquiesça Don Donn. Ensuite, nous regarderons vos genoux.

Pendant qu'il s'occupait du dragon, Mordred, Lobelia, les papys chevaliers et tous les apprentis-massacreurs rentrèrent dans le château. Les élèves dégagèrent fenêtres et portes, puis Potaufeu leur servit un dégoûtant ragoût d'égout pour le déjeuner. Ils ressortirent ensuite pour voir où en étaient Don Donn et Grinchetrogne.

Wiglaf n'en revenait pas : la corne du dragon se dressait toute droite au bout de son museau. Il marchait fièrement, la tête haute.

— Cornebidouille ! s'exclama Mordred. C'est de la magie !

— On ne devinerait jamais que je suis le plus vieux dragon du monde, n'est-ce pas ?

demanda Grinchetrogne en tournant sur lui-même pour qu'ils puissent l'admirer.

— Ça, non ! répondirent-ils tous en chœur.

L'entraîneur se tenait aux côtés du dragon, un sourire victorieux aux lèvres.

— Oh, Donn ! Vous êtes un vrai héros ! s'exclama Dame Lobelia en joignant les mains.

— *Gracias, señorita*, répondit-il en lui faisant un nouveau baisemain.

— Beurk, murmura Angus. Ça sent l'embrouille…

Le dragon se tourna alors vers le coach.

— *Muchas gracias*, Don Donn.

— Vous parlez espagnol ? s'étonna celui-ci.

— *Sí*, confirma Grinchetrogne. Quand on a vécu aussi longtemps que moi, on parle toutes les langues.

Il sourit.

— Mon trésor est à vous, Don Donn. Prenez tout.

— *Gracias*. Merci, dragon, mais cet or n'est pas vraiment à vous, n'est-ce pas ?

— Si et je vous le donne.

— *Por favor*, supplia l'entraîneur. Rendez-le aux écoles, je vous en prie.

Levant les yeux au ciel, Grinchetrogne soupira :

— D'accord, promis. Mais comment puis-je vous remercier, Don Donn ?

— Je vais vous aider à trouver une idée, Donn, proposa Dame Lobelia.

Mais avant que l'entraîneur ait pu répondre, un cheval et son cavalier apparurent à l'horizon. Un visiteur arrivait à l'EMD.

— Qui ça peut être ? s'étonna Wiglaf.

Érica plissa les yeux pour mieux voir.

— C'est… Messire Lancelot ! s'écria-t-elle.

L'ex-parfait chevalier s'arrêta sur le parvis du château. Son étalon haletait, écrasé sous son poids. Cependant Messire Lancelot avait quelque chose de changé. Pour commencer, il avait réussi à rentrer dans son armure.

— Messire ! s'exclama Érica. Quelle joie de vous voir à nouveau à cheval.

— Merci, jeune damoiselle.

— Je ne suis pas sûre que sa monture partage ton enthousiasme, murmura Jeannette.

— Vous êtes en armure, messire, remarqua Wiglaf. Avez-vous l'intention de reprendre votre carrière de chevalier ?

— Oui, et à force d'assister aux entraînement du programme *Uno ! Dos ! Tres !*, je sais ce qu'il me reste à faire. Bientôt, j'aurai retrouvé ma ligne de parfait chevalier.

— Qu'est-ce qui vous a fait changer d'avis, messire ? voulut savoir Jeannette.

— Les papys chev…

— Chut ! le coupa Érica. Le dragon les a pris pour des élèves de l'EMD.

— Ils m'ont prouvé que le plus important, ce n'est pas d'être le meilleur, mais de donner le meilleur de soi-même.

— Ah ! je retrouve mon héros ! s'écria sa plus fidèle admiratrice.

— Je vais faire de mon mieux pour être un bon chevalier, affirma Messire Lancelot. Et pour mettre mon abominable frère Léon en faillite et relancer mon catalogue.

Érica en pleurait de joie.

— Oh, merci, messire !

Lancelot sourit puis il reprit ses rênes et s'enfonça dans la forêt des Ténèbres en quête de nouvelles aventures.

— Au revoir, messire ! Au revoir !

Lorsqu'il fut hors de vue, Don Donn s'adressa à Grinchetrogne :

— *Señor* dragon, j'ai trouvé comment vous pouvez me remercier.

— Demandez-moi tout ce que vous voudrez.

— Venez avec moi à l'hospice des Papys Chevaliers. Vous pourrez occuper tout le premier étage.

— Et j'aurai trois repas par jour ?

Don Donn acquiesça.

— Mes draps changés une fois par semaine ? poursuivit le dragon.

— *Sí*, confirma l'entraîneur, et je vous aiderai à retrouver la forme. En échange, peut-être pourriez-vous faire quelques combats d'entraînement avec mes papys chevaliers ? Pour qu'ils sentent à nouveau le poids de la lance entre leurs mains, qu'ils retrouvent leur gloire passée.

— Pour l'exercice, alors. Sans porter de vrais coups ?

— Non, non, juste pour s'exercer.

— Et par les longues soirées d'hiver peut-être pourrons-nous… euh, je veux dire pourront-ils vous réciter votre poème, proposa Messire Canichon.

— Avec les pas de danse ! précisa Messire Roger.

— Marché conclu ! s'exclama le dragon.

Puis il se tourna vers Mordred.

— Jamais je n'oublierai que l'EMD m'a aidé à retrouver une seconde jeunesse, dit-il.

Les yeux violets du directeur étincelèrent.

— Dans ce cas, cher dragon, peut-être pourriez-vous envisager… éventuellement, hum, une récompense ? Un petit don à l'école ? Ou un gros ? Nous pourrions vous rendre hommage en nommant une partie du château l'aile Grinchetrogne, qu'en dites-vous ?

Le dragon sourit de sa gueule édentée.

— Je laisserai peut-être un petit quelque chose à l'EMD dans mon testament.

— J'aurais espéré que ce soit un peu plus tôt, avoua Mordred. Mais vous êtes très vieux, alors qui sait ? Merci, dragon.

Grinchetrogne sauta dans la charrette à foin en expliquant :

— Je suis trop fatigué pour voler.

Avant de prendre les rênes, Don Donn glissa à l'oreille de Wiglaf :

— Dites aux papys de se changer, je reviens les chercher immédiatement. Comme ça, Grinchetrogne ne se doutera de rien.

— Adieu, mon cher Donn ! fit Dame Lobelia en agitant un mouchoir bleu ciel.

— *Adiós, Señorita* Lobelia, répondit-il en lui envoyant un baiser. Je vous rendrai visite très bientôt.

Et sur ces mots, l'entraîneur s'éloigna avec le dragon sur le chemin du Chasseur.

— Passez nous dire un petit bonjour de temps en temps ! lança-t-il aux apprentis-massacreurs.

— Nous n'y manquerons pas, promit Érica.

— Adieu, Grinchetrogne ! crièrent Wiglaf et les autres.

Tout le monde leur fit signe jusqu'à ce que la charrette ait disparu à l'horizon. Puis ils rentrèrent dans le château.

— On a réussi, Wigounet ! s'exclama Érica.

— Grâce aux vieux croûtons, ajouta Jeannette en passant le bras autour des épaules de Messire Canichon.

Wiglaf regarda autour de lui. Il y avait des toiles d'araignée et des bestioles qui grouillaient dans tous les coins. Les professeurs étaient nuls et c'était un véritable défi d'avaler la cuisine de Potaufeu. Pourtant, il était heureux dans cette vieille école sinistre et glacée.

— On a réussi ! répéta-t-il. Tous ensemble, on a sauvé l'EMD des griffes du dragon.

LA CHANSON DU VIEUX DRAGON

STROPHES I-XXIV

Jadis, quand les chevaliers étaient preux
Et les damoiselles si belleuh,
Un dragon terrorisait la région,
Grinchetrogne était son nom.

Grinchetrogne vivait au fond d'une grotte,
Non loin du village d'Escabotte.
Il volait, grondait, crachait du feu
Et détruisait tout à coups de queue.

Grinchetrogne avait de petits yeux méchants,
Un cœur froid, dur et sans pitié,
Des dents comme des poignards tranchants,
Il ne vivait que pour tuer, massacrer et piller.

Combien de chevaliers sentirent la chaleur
Des flammes de Grinchetrogne ?
Combien de chevaliers sans peur
Furent tués par ce monstre sans vergogne ?

Messire Perceval décida d'agir :
« Ce dragon, il nous faut arrêter !
On va le massacrer, l'embrocher, le faire rôtir,
Puis le réduire en chair à pâté. »

Sur ces mots, Messire Gauvain leva sa lance :
« Pour tuer Grinchetrogne, partons en quête !
De sa grotte, faisons sortir la bête
Et enfonçons-lui nos lames dans la panse ! »

Messires Caradoc et Galaad-euh,
Messire Tristan et Messire Keu,
Messires Dinadan et Gareth,
Tous partirent en quête.

Messire Galaad venait en tête :
« Allons trouver ce dragon,
Nous le tuerons pour de bon.
Nul ne craindra plus l'affreuse bête. »

Le dragon se dressa de toute sa hauteur
Et ouvrit sa gueule fumante.
Les preux chevaliers, morts de peur,
S'enfuirent séance tenante.

Messire Perceval s'exclama :
« Il nous faut un plan d'attaqueuh ! »
– Bien parlé », répliqua Messire Keu.
Et toute la nuit, on pensa, parla, discuta.

Le lendemain, quand le soleil se leva,
Ils avaient un plan audacieux.
Ils levèrent leurs lances vers les cieux
Et partirent tuer le dragon scélérat.

Devant la grotte, ils attendirent,
Lance brandie, prêts à bondir.
Le dragon faisait la grasse matinée,
Il leur fallut donc patienter.

De longues heures, ils attendirent
Mais de dragon ne virent point.
Messire Gauvain finit par dire :
« Quelque chose cloche, je le crains ! »

Deux par deux, ils entrèrent donc
Dans le repaire du dragon.
Mais à la lueur de leurs torches,
Le trouvèrent vide comme leurs poches.

« Hélas, hélas ! » gémit Tristan.
« Misère, misère ! » fit Dinadan.
« Nous avons échoué dans notre quête ! »
conclut tristement Messire Gareth.

C'est alors que du fond de la grotte,
Une voix menaçante se mit à gronder :
« Piètres chevaliers, filez vous cacher,
Avant que les fesses je ne vous botte ! »

Ils tournèrent tous les talons,
Puis s'arrêtèrent, honteux.
« Nous devons être braves, dit Keu,
Et tuer ce maléfique dragon. »

Ils sentaient, dans leur dos,
De la bête le souffle chaud.
Messire Gauvain se mit à gémir :
« Préparons-nous tous à mourir ! »

Mais soudain Perceval fit volte-face
Et se mit à supplier le dragon :
« Grinchetrogne, épargne-nous, de grâce !
Promis, nous te le revaudrons. »

L'affreuse bête toisa
Ces pauvres malheureux.
« Je vais fermer les yeux
Et compter jusqu'à trois… »

Messires Galaad et Tristan,
Perceval et Dinadan,
Keu et Gauvain aussi
Crièrent : « Grinchetrogne, merci ! »

Et le dragon de clore
Ses belles pupilles d'or
Et de compter : « Un, deux, trois ! »
Hop, les chevaliers n'étaient plus là !

« Le dragon s'est montré généreux,
reconnut Messire Keu.
Il a beau gronder et rugir,
Il nous a laissés partir ! »

Du fond de la grotte résonna
Une dragonneuse voix :
« Revenez quand vous voulez,
Messires chevaliers, on n'a pas fini de jouer ! »

Kate McMullan vit à New York avec son mari
et leur fille. Quand elle était petite, elle rêvait
d'être lectrice et dévorait alors les ouvrages
de la bibliothèque municipale. Après ses études,
elle a enseigné quelques années tout en commençant
à écrire pour les enfants. Afin de pouvoir se
rapprocher du monde des livres qui la fascinait tant,
elle a alors décidé de devenir éditrice et est partie
tenter sa chance à New York. C'est là qu'elle a
rencontré son mari, l'illustrateur Jim McMullan
avec lequel elle a collaboré par la suite. Elle a publié
à ce jour plus de soixante-dix livres pour la jeunesse
et sa série les Massacreurs de Dragons est l'un
de ses plus grands succès. Pour créer ses personnages
et leurs aventures, elle reconnaît avoir puisé
directement dans ses souvenirs de collégienne.
C'est pourquoi, quand elle se rend dans les écoles,
Kate McMullan conseille aux apprentis écrivains
de prendre pour point de départ leur propre vie
et leurs propres expériences.

Bill Basso est né et a vécu longtemps dans le quartier
de Brooklyn, à New York. Il vit à présent dans
le New Jersey, avec sa femme et leurs trois enfants.
Après des études d'art et de design, il a illustré
de nombreux livres pour la jeunesse et collabore
régulièrement à des revues destinées aux enfants.